LA VAPEUR.

Fournier.

LA VAPEUR.

> « Aimez-vous la muscade? on en a mis partout. »
> (Boileau, *Satire III.*)

Naguère la vapeur, comme force motrice,
Pour envahir le monde attendait un complice.
Jusqu'alors on avait : *les vapeurs du matin,*
Les vapeurs d'un marais, les vapeurs d'un festin,
Et, surtout, *les vapeurs des petites maîtresses :*
Telles étaient, je crois, les notables espèces.
Sur la terre aujourd'hui, ce mot, au singulier,
Joue, ainsi que la chose, un rôle journalier.
De *Watt* et de *Fulton* l'invention sublime
En créant *la vapeur,* aussitôt la comprime;
Elle en obtient alors d'immenses résultats :
La poudre en a pâli, malgré tous ses éclats.
Comme des champignons les mécaniques poussent;
On ne voit que tuyaux qui sifflent, crachent, toussent.

Aimez-vous la vapeur? vous en trouvez partout.
Comme c'est amusant pour qui n'a point ce goût !

1857

L'intérêt du commerce ou de la politique
Ne respecte jamais l'intérêt poétique ;
La vitesse avant tout, le reste importe peu ;
Bientôt rien n'ira plus que par l'eau sur le feu ;
Le monde entier devient une immense bouilloire ;
La fumée a cessé d'exprimer l'illusoire,
Et, dans ses plus beaux jours, la *charte-vérité*
Était bien loin d'avoir tant de réalité.
A côté du charbon l'or n'est qu'une chimère,
Car l'or perd sa valeur, la houille devient chère.
Le fer est son époux. De leur tendre union
Naît la locomotive et son impulsion.
Grâce au père, elle trouve une route aplanie ;
Par la mère, toujours, la pâture est fournie.
L'affreuse ligne droite en tous lieux rend égaux,
Sans le moindre scrupule, et les monts et les vaux.
On ne voyage plus, on n'est plus qu'une balle
Qui traverse l'espace, et la défunte malle
N'était qu'une tortue alors que d'Orléans
Elle allait à Paris tout juste dans le temps
Que l'on met de Paris pour se rendre à Limoges,
A moins qu'on n'ait changé la marche des horloges ;
Mais je ne pense pas qu'on ait restitué
La vie et le soleil au fameux *Josué*.

L'*intérieur* n'est plus... Il n'est plus de *banquette*...
L'*en-lapin* a vécu... Quelle râfle complète !
Le primitif *à-pied*, le modeste *à-cheval*
Bientôt auront perdu leur sens adverbial.
D'une belle rivière on coupe le méandre,
La vue est encaissée et ne peut plus s'étendre ;

D'un pays pittoresque adieu les accidents !
Sur le chemin de fer ils sont bien différents.....
Et tous les voyageurs, dans la mode nouvelle
Où l'on mange sa vie à la même gamelle,
Courent la même chance : arriver à bon port,
Ou d'un lièvre en hachis subir le triste sort.

Mais, par le train-*express*, mettons-nous en voyage,
Et tâchons de saisir quelque chose au passage.

D'une étroite tranchée on passe sur un pont
Assez long, assez haut pour franchir l'Hellespont.
Comme un serpent *boa* qu'un danger met en fuite,
Dans son antre visqueux échappe à la poursuite,
Et, déployant au loin ses monstrueux anneaux,
Semble hâter sa marche au moyen de rouleaux,
Telle, avec son convoi, dans la gueule béante
D'un effrayant *tunnel*, la machine sifflante
S'enfonce au grand galop des chevaux de vapeur.
Ce trajet est charmant, surtout pour un sapeur.
Je comprends qu'un troupier chéri de *Sainte-Barbe*
Dans ces *boyaux de mine* aventure sa barbe;
Il aime à parcourir ces chemins sous le sol
Rappelant ses travaux devant Sébastopol,
Et doit autant jouir de voir ces galeries
Qu'un cavalier se plaît aux vastes écuries.

Malgré tant d'agréments et de rapidité,
Le chemin serait long s'il n'était, à côté,
Une distraction tout à fait fantastique :
On la nomme, en deux mots, *télégraphe électrique*.
De même qu'une montre est pour le médecin
Le compas mesureur du pouls que tient sa main,

De même les piquets dont la route est plantée
Me disent si la marche est plus ou moins hâtée,
Et les fils conducteurs, qui semblent onduler,
D'un tangage fictif viennent me régaler [1].
Quoique très-convaincu que ces fils s'électrisent,
Je suis bien plus certain, encor, qu'ils magnétisent,
Car le sommeil me gagne au dixième piquet,
Et je ronfle, au vingtième, aussi fort qu'un soufflet.

Généreuse envers nous, jamais la Providence
N'a montré dans ses dons autant de prévoyance
Que lorsqu'elle a voulu, par l'électricité,
A la locomotive ôter la liberté.
Le voyage en Belgique a perdu tous ses charmes
Depuis que, par un fil, la bonté des gendarmes,
D'avance réclamée, empoigne sans effort
L'homme qui, par son faible, a pris un coffre-fort.
Ce fil aura bientôt une grande influence,
Et de beaucoup, dit-on, diminûra la chance
De rester en chemin, comme poivre, moulu,
Ou d'arriver plus tard que le moment voulu.
Mais, pour le préférer à l'ancienne voiture,
J'attends que le wagon ait la marche plus sûre.

Je ne dirai qu'un mot des bateaux à vapeur.

De ce monstre marin je n'eus jamais grand'peur.

---

[1] Les voyageurs en wagon ont pu remarquer l'ondulation apparente
des fils électriques. Elle est due surtout au changement continuel de la
position relative de ces fils et des rails, par suite des inégalités dans le
niveau des uns ou des autres.

Dans notre vieille Europe il est fort pacifique ;
Mais, si j'étais tenté d'aller en Amérique,
J'aimerais cent fois mieux, pour voir ce beau pays,
L'arpenter en tous sens, *pedibus cum jambis* [1],
En nouveau *Bas-de-Cuir,* que de courir les chances
Dont se rit tout un peuple ardent aux concurrences.
Qu'on livre son argent au hasard d'un pari,
Soit. Mais risquer sa peau sur le Mississipi
Ou sillonner l'Hudson pour l'honneur de la course,
Merci ! Je ne prends pas mon eau dans cette source.

Je connais à Bordeaux un ancien épicier
Qui trouve à la machine un attrait singulier ;
Pour charmer ses loisirs, dans sa douce retraite,
D'un quartier de cheval il vient de faire emplette.
D'un cheval de vapeur j'entends parler ici.
Tout est coupé, moulu, brossé, raclé chez lui
Par le coup de piston ; c'est au point qu'il·enseigne
A ce muet esclave à se servir du peigne.
On dit, depuis qu'il a ce nouveau serviteur,
Qu'il a congédié *Jean* son vieux décrotteur.
Il est vrai qu'un chauffeur largement le remplace,
Qui, toujours altéré, n'est pas assez bonasse
Pour amuser sa soif au même robinet
Qui sert à rafraîchir son vaporeux bidet.

Plaignons le malheureux qui, par la cheminée
D'une usine à vapeur depuis peu de temps née,
Voit avec désespoir, de la cave au grenier,
Sa maison devenir hutte de charbonnier.

[1] On voit que la machine n'a pas perdu son latin..... de cuisine.

Il y neige en tous temps, mais, au lieu d'être blanche,
Cette neige d'enfer vient, en noire avalanche,
Le forcer à tenir huis et carreaux fermés,
Sous peine de manger tous ses repas fumés.
De son toit, lorsqu'il pleut, une encre épaisse coule,
Comme coule un gros vin du raisin que l'on foule;
L'atelier de Vulcain ne fut jamais si noir
Que le lieu par madame appelé : « Mon boudoir. »

Mânes de Savarin, de Berchoux, de Carême!
Contre nos cuisiniers prononcez anathême,
Lorsqu'ils se serviront de l'ignoble fourneau
Qu'on dit économique, et qui passe un niveau
Sur les mets différents. Le bon goût s'en désole.
Dans ce fourneau maudit la vapeur joue un rôle.
Le jour où la cuisine à cette égalité
Ne s'opposera plus, le moment redouté
Qui fut si clairement prédit par Jérémie [1]
Enfin aura sonné pour la gastronomie [2].

Je sais que la vapeur, dans ses divers emplois,
Aura, pour la prôner, des millions de voix,
Et, j'en suis convaincu, la mienne, qui radote,
S'expose, en l'attaquant, au sort de *Don Quichotte*.

---

[1] « Les temps sont loin, mais ils viendront, où, abusant d'une grande
» découverte, l'homme sacrifiera la saveur de ses mets à la fille bâtarde
» de l'avarice et de l'orgueil, à la piteuse économie. Dans son aveuglement,
» il oubliera que les biens de la terre, etc. » (JÉRÉMIE, 119ᵉ lamentation.
Apocryphe.)

[2] Il est évident que dans ce passage la vapeur est envisagée uniquement au point de vue du calorique.

Le *rail-way*, dira-t-on, matin et soir se met,
Pour le Nord et le Sud, aux ordres du gourmet;
Il lui sert les produits de chaque latitude,
Et, malgré les saisons, fait sa béatitude.
Moi-même, je l'avoue, à ma confusion,
J'en use quelquefois pour ma provision.
« *Faites ce que je dis* », répond l'homme qui prêche,
« *Et non ce que je fais,* quand, par hasard, je pèche. »
» Je crois qu'il faut manger chaque chose en son lieu,
» Ainsi que dans son temps, et je pense que Dieu
» A proportionné les dons de la nature
» Aux besoins résultant de la température.
» La poire et le raisin sont faits pour nos climats;
» Sous le tropique il faut l'aigre-doux ananas ;
» Buvez la bière à Mons, mangez le miel en Grèce,
» N'attaquez qu'à Marseille un plat de *Bouillabaisse.* »

L'Occident, l'Orient sont près...... à se gêner ;
La carte se réduit...., non celle du dîner.
Je le dis hautement : « Rien n'est plus prosaïque;
» Et chaque chose perd son côté poétique. »
Le chapeau cylindrique et le triste habit noir,
Poussés par la vapeur, serviront d'éteignoir
Partout aux vêtements gracieux, pittoresques ;
Le turban dégringole, et les Chinois grotesques
Hors de chez eux déjà risquent le paletot.
Qui sait si le Breton gardera le sabot?

En tous lieux le costume, ainsi que la cuisine,
Perdent de jour en jour leur cachet d'origine ;
Vers la monotonie on va d'un train d'enfer,
Et l'ennui nous viendra par le chemin de fer.

Enfin, quand tout ira par moyen mécanique,
Soit dans l'ordre·moral, soit dans l'ordre physique,
Dans ce bas monde alors l'homme ne fera rien
S'il n'exerce l'état de mécanicien.
J'oserais parier que, dans sa frénésie,
La vapeur atteindra jusqu'à la poésie,
Et livrera tout faits sonnets, odes, chansons,
Vers de toutes longueurs tournés de cent façons.
La machine, en ce cas, me rendra deux services,
Qui seront de guérir en moi deux bien grands vices :
La rage de la rime et celle d'assommer
Mes malheureux lecteurs quand je fais imprimer.

Bordeaux, Février 1857.

Prosper FOURNIER,
Membre correspondant du *Caveau* de Paris.

Bordeaux. — Imprimerie générale de Mme Cnvov. rue et hôtel Saint-Siméon, 16.